흔들리는 나뭇가지

흑과 백의 바람

거시기恨 산문집

흑과백의 **바람**

이 생 명

 도서출판 선인

비통한 안녕
세월호 희생자 영전에

세상과 시대가 함께 슬퍼하고 울었다
사투에 몸부림쳤을 죽음의 시간들
잘못이 가져다 준 사선의 절벽에서
못다한 꿈 그리움 뒤로하고
원통하고 아프게 억울하게 떠난 영혼들
미안한 마음 피지못한 봉우리를 그린다
통곡의 비통한 안녕을 한다
끝나지 않은 슬픔 하늘보기 두렵다
모질고 고통스런 이 땅 기억 말고
새로운 세상으로 훨훨 떠나시게

생명이야기

고단한 세상 광야에서
고단한 언덕 넘으며
졸가리 안 닿는 유감을 담아
광야의 산문이라는 포장으로 이 책을 낸다

감히 문학으로 범접이 불가능하여
수필도 시도 단상도 아닌 질서 없는 산문이다
슬퍼서 적고 부러워서 적고 분해서 적고
외로워서 적고 그리워서 적었다 모래의 글이다

이 시대 이러한 미련함도 있구나
무명초 동촉하사 물 한 모금 따라주면
푸르름 잃지 않고 녹음방초 초목에 거할 것이다

차 례

생명이야기

1
시대의 흔적과 숨결을 만나다

8
구름 넘어 바다 건너

1
시대의 흔적과 숨결을 만나다

시대에게 길을 묻다

문명은 시대를 바꾸고
인간의 철학을 변형시키었다
어디로 어떻게 어떤 길을 가야 하는가
괴로워 길을 찾고 외로워 길을 찾고
살기 위해 길을 찾는다

가다 보면 아니요 다른 길이 나온다
어둠에도 길이 있고 광명에도 길이 있다
인생은 갈림길의 연속이다
가다 보면 다른 갈림 길과 마주하게 된다
가던 길이 망설여 진다

문명의 시대 진화된 지능들이
욕망의 길로 유혹한다
충돌과 방황의 길로 인도한다
돌아보면 가는 길이 후회가 된다
그래도 가야 할 시대의 길이 있다

광야의 가시밭길에서
시대에게 길을 묻는다
어디로 어떻게 어떤 길을 가야 하는가
햄릿과 돈키호테 사이에서
우리시대에게 다시 길을 묻는다

최후의 만찬

골고다 언덕의 십자가로 향하기 전날 밤
예수의 심경을 레오나르도 다빈치가 상상하며 그린
최후의 만찬이라는 제목의 그 유명한 그림
예수님과 12명의 제자들이 식사를 하는 장면이다

걱정과 두려움과 놀라움 등의 표정이 표사되어 있다
신약성서 요한복음 13장 21절에서 30절에 나오는
"너희 중에 하나가 나를 팔리라"라고 한
장면을 그린 것이란다

열 두 제자를 세 사람씩의 군상으로 나누어
부침의 섭리에 흔들리며 반응하는
제자들의 동요를 그림으로 표현하고 있다
그리스도도 함께한 인연을 고민한 것 같다

상트페테르부르크
에르미타주 박물관에서 만난
렘브란트의 돌아온 탕자

『신약성서』의 누가복음 15장 11절에서 32절에 '돌아온 탕자'의 얘기가 나온다. 아버지로부터 자신의 상속분을 미리 챙겨 멀리 떠나서는 흥청망청 탕진해버리고 빈털터리 거지가 되어 돌아온 아들, 그 아들에게 아버지는 용서와 "죽은 아들이 살아왔다"며 잔치를 베풀어 준다.

아버지 곁에서 착실하게 일을 도왔던 첫째 아들이 이를 보며 "그동안 친구들과 즐기라고 양 한마리 내어주지 않더니 방탕하게 놀다 온 아들에게는 이렇게 잔치를 베풀어 줄 수 있느냐"고 불평하자 아버지는 "너는 항상 내 곁에 있지 않았느냐"하고 달랜다.

욕망의 무지개를 쫓으며 험한 세상의 굴레에서 모진 풍
상 견디지 못하고 비참한 신세가 되어 아버지에게로 돌
아온 탕자의 귀향은 오늘의 우리에게 뉘우침과 깨달음
을 주고 있다.
멀리서 아들을 발견한 아버지는 뛰쳐나와 반긴다.
야단도 치지 않고 회초리도 들지 않는다.
아버지는 아들을 다시 만났다는 사실에 감사하며 그를
감싸며 용서하고 받아들인다.

방황의 막다른 길에서 돌아갈 곳, 기다림의 품이 있는
탕자는 버림 받지 않은 죄인이다.
탕자의 눈물에는 가족의 사랑을 기억하고 있다.
그러나 우리시대 고난 받는 사람들은 돌아갈 곳도 없고
사랑도 만나지 못한다.
성공한자와 실패한 자, 건강한 자와 병걸린 자, 행복과
불행의 살벌한 양극 사이에서 애통하고 있다.

그래도 생명을 주시고 오늘의 고독한 시련을 견디는
능력을 주신 하나님께 감사함을 느끼며
혼자 있어도 고난 속에서도 어떠한 상황에 처해도
행복을 간구하는 기도인이 되게 하소서
그리고 그에게도 세속을 넘는 사랑과 붙들어 주는
가슴을 만나게 하소서

솔로몬의 메시지

구약성서에 나오는 이스라엘 역사에서 솔로몬은
가장 추앙 받는 왕 다윗의 아들이다
다윗이 죽음에 이르렀을 때
솔로몬은 왕위 쟁탈전에서 승리하여
왕위에 즉위하게 된다
솔로몬은 왕위에 오르기 전에
하나님께 감사기도를 드리며 지혜를 간구한다

"하나님께서 저를 많은 백성을
다스리도록 왕으로 세워주셨습니다
하나님께서 저에게 지혜를 주지 않으시면
저는 하나님의 백성을 잘 다스릴 수 없습니다"

이 시대 우리에게 주는 이 성서의 메시지는 겸손이다
권력의 자리에 앉기 전에 겸손의 자세로
하나님께 지혜를 구하는 모습에서
행동의 교훈을 얻는다

이 시대의 마키아벨리 군주론

권력을 유지하려는 군주는 선하기만 해도 안 되고, 악
인이 되는 법도 알아야 한다. 사랑 받는 것보다 두려움
의 대상이 되는 것이 낫다. 사람을 포용하거나 없애버
리거나 둘 중에 하나를 택해야 한다. 타인에게 해를 가
할 때는 보복의 우려가 없도록 해야 한다. 얼굴이 두껍
지 않고는 리더십을 발휘할 수 없다. 16세기 이탈리아
피렌체를 무대로 활약했던 정치가이자 정치학의 고전
『군주론』의 저자였던 권모술수의 대명사 마키아벨리의
주장이다. 민주주의 정치사회에서 공공의 적이다.

이러한 마키아벨리의 현실적인 지도자론의 배경과 내
막을 들여다 보면 그의 악명이 오해의 소지가 많이 있
다. 가난한 법률가의 집안에서 태어난 마키아벨리는 청
년기에 조국 피렌체가 이웃 나폴리, 프랑스, 스페인에
이어지는 침탈을 경험하면서 절대 강자의 횡포에 맞설
수 있는 약자의 대응에 대한 실용적 현실적 탐구를 하
게 된 것이다. 권력의 흥망을 지켜보며 그 실체를 바라

보는 시각이 공정과 정의에 회의론으로 바뀌었다.

마키아벨리는 29세에 피렌체 행정부의 제2서기장에 선출됐다. 국제 외교무대에서 각광받던 마키아벨리가 메디치 가문의 재집권으로 공직에서 축출, 고문과 15년간 실업자 생활을 한 끝에 정정당당한 실력으로 출세할 수 없고 모략만이 성공의 비결이라는 것을 확고하게 믿게 되었다.

마키아벨리는 이상주의와 정치현실은 동행할 수 없다는 주장을 한다. "포퓰리스트들에게 속지 마시오. 아부하고 충성하는 말들은 좋지만 언젠가는 배신하고, 기득과 권력 유지를 위해 그들은 당신들을 떠날 것이오"라고 설명하고 있다. 생존의 지혜를 제시한 군주론의 구절이다.

시베리아에서 만난 나비부인

노보시비르스크 고단한 단 하루의 여정에
동행자의 성화를 따라 설세상 북풍한설 밤추위를 헤치고
국립극장 오페라하우스에서 그 유명하다는
푸치니의 오페라 나비부인을 관람했다

오페라 문맹자 러시아 버전 3시간 공연은
감상이 아닌 고통과 인내의 형벌 같은 시간이었다
장엄한 드라마틱 오케스트라와 배우들의 열연
관객들의 열광이 있어 자리를 지키고 집중하게 하였다

일본 나가사키 항구 언덕의 집을 무대로 게이샤가 된
15세 소녀의 나비부인이 미 해군장교 핑거스톤과의
사랑으로 아들을 낳고 해후의 행복을 기다리지만
미국여인과 재혼한 핑거스톤의 배신을 만난다

재혼의 유혹을 거부하고 3년의 기다린 정절의
어린여인이 사랑에 빠지고 배신을 당하는 단순한 이야기다
자결을 선택한 동짓달 시베리아의 나비부인이 전한 메시지는
명예로운 삶을 못할바에는 명예로운 죽음을 택한다는 비극이다

시베리아횡단 설국열차에서 만나는 시베리아 유형 작가

러시아의 대 문호 「도스토예프스키」

〈죄와 벌〉〈카라마조프의 형제들〉〈가난한 사람들〉 등
의 걸작을 쓴 도스토예프스키는 21세기 오늘까지 러시
아의 대 문호이자 세계문학의 거장으로 자리하고 있다.
19세기 후반 러시아 사회를 배경으로 삶과 죽음, 사랑
과 증오, 선과 악, 차별과 소외를 테제로 인간탐구 심리
를 체험적 서술로 불멸의 대작을 남긴 러시아가 자랑하
는 거봉의 인생과 문학세계를 만난다.

도스토예프스키는 젊은 시절 대도시 상트페테르부르크
에서 밑바닥 생활을 하며 의지할 언덕 없이 실패를 연
속하는 굴곡진 삶을 살았다. 이러한 체험을 바탕으로
집필한 1846년 상트페테르부르크의 다락방과 지하실
주민들의 슬픈 운명을 그린 〈가난한 사람들〉의 발표는
러시아 문단을 흥분시키었다. 평등 이야기의 문학 감수
성은 그가 사회주의 민주주의 서클 페트라셰프스키 단
에 가담하여 활동하게 하였다.

그러나 1849년 회원들이 전원 체포되고 도스토예프스키는 다른 20명의 핵심단원과 함께 사형선고를 받았다. 죽음을 눈앞에 두고 공포의 순간에서 황제의 특사로 사형 집행이 면제되고 목숨을 건져 4년간 시베리아에서 중노동 징역을 살았다. 사형선고와 투옥, 유배생활의 경험은 그의 '인간탐구'에 깊이를 더해주었고, 이러한 시련에서 겪은 극단적인 행동과 감정, 탁월한 의식 분석, 심리묘사 능력들은 이후 그의 작품들에 생생하게 반영된다.

민중문학가가 된 도스토예프스키는 민중의 권리회복을 주창하며 시베리아 유형의 체험을 담은 〈죽음의 집의 기록〉〈학대 받는 사람들〉〈지하생활자의 수기〉 등을 발표하였다. 도스토예프스키에게 불멸의 명성을 안겨준 〈죄와 벌〉(1866)에서는 자신의 신념을 위해 전당포 노파를 살해하는 청년 라스콜리니코프가 주인공으로 등장한다. 그는 고뇌와 번민 끝에 체포되어 시베리아 유형을 가는데 그곳에서 '순결한' 창녀 소냐를 만나 구원의 길로 인도된다.

그의 소설들은 하나같이 불안과 긴장, 격정과 광란, 살인과 자살, 선과 악의 극단화된 모습으로 가득 차 있다. 그렇지만 이런 요소들을 소설적으로 구성하고 예리한 관찰력으로 인간의 본성을 자극하여 독자들을 자신의 고뇌 속으로 끌어들인다. 작품들에서 제기한 문제들을 종합하면서 자신의 사상과 예술을 형상화 해낸다. 그래서 도스토예프스키는 세계 최고의 심리작가라는 명성을 얻고 있다.

도스토예프스키는 자신의 모든 작품에서 당시의 사회를 사실적으로 반영하고 돈과 권력에 억눌리는 사람들의 고통을 놀랄 만큼 힘 있게 묘사하고 있다. 중년 이후의 그는 비록 진보적 민주주의의 신념을 버리고 독실한 기독교인이 되어 신의 구원을 갈구하나, 그의 작품에서는 자본주의가 발달하면서 발생하는 각종 사회악과 세속주의와 합리주의에 대한 증오, 그로 인한 인간 영혼의 왜곡에 대한 저항이 절절히 배어 나온다. 그는 누구보다도 앞서 러시아의 병든 사회와 인간을 집요하게 저항하고 현대문명 속에서의 인간의 파괴를 갈파한 작가였다.

사할린에서 만난 안톤 체호프

체호프는 농노출신 조부 잡화상 아버지 가정에서 태어
나 고단한 성장기를 거쳐 모스크바대학 의학부까지 갔
지만 생계수단의 글을 쓰면서 민중문학을 만나며 소설
가, 극작가, 단편작가로서 세계적 명성을 얻는 러시아의
사실주의 민중작가 이다.

그는 상업주의 작품을 거부하고 〈관리의 죽음〉(1883)
〈카멜레온〉(1884) 〈슬픔〉(1885) 등과 같은 풍자와 유
머와 애수가 담긴 뛰어난 단편과 중편 소설 〈대초원〉
(1888) 같은 명작을 썼다. 객관주의 문학으로 새로운 무
엇인가를 담으려고 노력한 그는 울적한 시대적 요구에
응답하는 현실묘사에 치중하였다. 젊은 세대들에게 "무
엇을 하여야 하는가"라는 1870년대에 지식인들의 치열
한 반 제정 투쟁 이념논쟁에서 사상이나 감정을 통일하
는 공통 이념을 비판한 사실주의 작가이다.

1890년 죄수들의 유형지 극동의 사할린섬으로 가 그 실태를 집필한 〈사할린섬〉(1895)은 불평등의 세계관에서 벗어나 인간성 해방에 눈을 돌린 대표작이다. 그는 농민들을 무료 진료하고 기근과 병마에 대한 지원을 하며 학교 건립, 교량 및 도로 건설 등의 사회 사업에도 힘썼다. 그의 작품이 오늘날 세계적으로 명멸하는 것은 "평탄한 길에서도 넘어지는 수가 있다"라는 속악과 허위를 싫어하고 인간과 삶에 대한 애정을 북돋우어 밝은 미래에 대한 희망을 가슴속에 심어 주기 때문이다.

콜롱베 마을공동묘지에 잠들은
프랑스 자존심 샤를르 드 골

자유 프랑스를 재건한 샤를르 드 골(1890~1970)은 파
리에서 4시간 이상을 가야 하는 인구 700여명의 촌마을
상파뉴 지방 콜롱베 마을공동묘지에 잠들어 있지만 이
위대한 거인 정치가는 죽어서 말하고 있다.

나치에 점령당한 프랑스를 유럽의 강국으로 변모시킨
독불장군 드골, 이 인물이 아니었더라면 전후 프랑스는
갈가리 찢겨 나치에 점령당했거나 열강에 지배당하고,
서유럽의 일개 국가로 전락했을 것이다. 드골은 런던에
서 레지스탕스를 이끌며 풍전등화 국가 운명을 강인한
성격과 시대적 리더십으로 프랑스의 독립을 이끌었다.

나치 독일의 점령이 끝난 1944년 8월. 런던에서 귀환한 드골은 "프랑스에서 저항의 불꽃이 꺼져서는 안 된다"며 자유 프랑스 운동을 이끌며 만신창이 프랑스를 재건했다. 강한 프랑스의 복권을 위해 독자적인 핵 억지력을 확보하고, 미국·유럽의 연합안보체인 NATO(북대서양조약기구)의 탈퇴를 감행했다.

꼴통 군인이라고 평가 받았던 드골은 비굴하게 미국이나 영국에 추종하는 손을 벌이지 않고 자존심을 지키며 연합군의 한 축을 유지, 현대의 프랑스를 만들어 냈다. 나치가 프랑스를 점령하자 영국으로 피신해 레지스탕스 운동을 전개한 드골은 파리에 입성해 나치부역 잔재들을 인정사정 없이 처단 청산하였다.

프랑스를 핵무장 시킨 드골, NATO에서 프랑스를 탈퇴시킨 드골, 알제리 독립운동을 도운 드골은 서방세계에서 고집과 오만의 대명사였지만 프랑스에게는 청렴한 애국자 지도자였다. 그는 오로지 위대한 프랑스를 외친 위대한 군인이자 정치가였다.

파리가 오늘날 아름답고 낭만적이며 찬란하게 자긍심을 가진 멋진 도시이지만 파란만장한 역사의 흔적들이 배어 있다. 그 배경에는 혁명의 시대 참혹한 피의 보복에서부터 드골시대 강한 프랑스를 재건하기까지 독립과 만세의 시대정신이 흐르고 있다.

강진에서 만난

다산 정약용과 혜장선사
이 시대 졸개 지식인들에게 주는 메시지

고난의 시대를 사노라면 진심으로 서로를 바라볼 줄 아
는 벗하고 싶은 그런 사람을 그린다. 그러나 세태는 거
의 불가능한 꿈이고 현실이다. 많은 지식인들이 출세하
고 이름께나 여기 저기 오르내리게 되면, 권력을 향해,
잘나가는 곳을 찾아 줄을 대고 조아리며 햇빛만을 찾아
주가를 올리려고 갖은 인기 관리를 한다. 불후하고 실
패하고 그늘진 곳에는 거리를 두고 손해를 볼까 우정도
인연도 철학도 신념도 접어 버리고 거리를 둔다.
죄수가 된 다산은 남도 유배길 강진 만덕산 자락에서
초의선사, 혜장법사를 만나 시대를 함께 고민하며 귀감
적 우정과 위로를 쌓는다. 다산초당에서 백련사로 가는
벗들의 동백꽃 숲길에서 다산이 유배생활의 절망을 딛
고 제자들을 가르치며 목민심서, 경세유표, 흠흠신서 등
600여권에 달하는 조선조 후기 실학을 집대성하는 위
대한 업적이 이루어졌던 원동력을 발견 할 수 있다.

강진만이 한눈으로 굽어 보는 만덕산 기슭에 자리한 다산초당은 다산 정약용 선생이 강진 유배 18년 중 1808년부터 해배되던 1818년까지 10여년 동안을 생활한 곳이다. 다산 정약용은 1801년 신유사옥으로 경상도 장기로 유배되었다가 황사영 백서사건으로 다시 강진으로 유배되었다. 다산은 시대가 무엇을 원하는지를 고민하고 실행의 근본을 제사한 위대한 학자였다. 개혁군주 정조와 함께 새로운 미래를 위해 변화를 추구하며 실학을 꽃피운, 조선 후기 실학의 정점에 섰던 사람이다. 그의 뛰어난 성취는 17년간의 유배 속에서 만들어졌다. 여기에는 그 고통스러운 유배의 나날을 함께 해준 혜장이 있었기 때문이다. 다산은 이슥한 밤이 되면 백련사 혜장을 만나러 산길을 넘었다. 이 길이 고뇌하던 다산의 마음을 헤아리며 걷는 길이었다. 두 사람은 사상과 종교가 판이하게 달랐지만 진심 어린 마음으로 서로를 보듬었다. 분노하고 억울한 고된 유배에서 살아 남아

고향으로 돌아갈 수 있었던 것은 이렇게 혜장과의 만남
이 있었기 때문이다.

백련사는 혜장스님과 다산의 향기 짙은 인간적인 교
우가 시작된 곳이다. 강진 유배길에서 목숨을 부지하
는 뼈아픈 낙담과 실의에 젖었던 다산에게 혜장 스님과
의 만남은 일상의 낙이 되고 희망이었다. 44세의 다산
과 34세의 백련사 주지 혜장간 인연의 시작은 연령, 사
상, 종교가 달랐지만 부패한 탐관오리의 폭정에 시달리
던 백성을 안타까워하던 연민이 하나가 되어 만덕산 봉
우리를 잇는 토론과 우정을 꽃피웠다. 다산초당과 백련
사를 잇는 800여 미터의 산길은 18세기, 경학과 불교의
두 석학을 대표하는 다산 정약용과 혜장선사라는 광야
에 있던 별들의 만남이었다.

혜장은 다산이 강진으로 유배 올 당시에 백련사에 주석하고 있었는데, 해남 두륜산 대흥사의 12대강사(大講師)로 기록되는 큰스님이었다. 다산은 귀양살이 몇 해 지난 1805년 백련사에서 산을 오르던 중 젊은 승려를 만난다. 그가 바로 혜장이었다. 이후 두 사람은 지기지우(知己之友)가 되어 주역(周易)과 다선(茶禪)의 청담으로 밤을 세워가며 서로에게 빠져들었다. 두 사람의 만남과 정신은 유불(儒佛)이 서로 다르지 아니하고 서로 만나는 회통(會通)의 전통을 만들어내었다. 이렇게 마음 속의 얘기를 터놓고 학문적으로 깊은 대화를 나누던 혜장이 1811년 가을 대흥사 암자인 북암에서 40세의 젊은 나이로 병사하니, 다산은 '얼마 남지 않은 나의 세월에서 그대 입 다무니, 산 속 숲마저도 적막하기만 하다오'라며 슬퍼하였다 한다.

다산은 「春日遊白蓮社(춘일유백련사)」라는 시에서
이렇게 그렸다.

조각구름 흘러가며 흐린 하늘 개이고
이밭에 흰 나비 펼럭이며 날을 때
우연케도 집뒷산 나무꾼 길따라
숲을 헤쳐 나가보니 보리밭 언덕이네.
궁벽한 산촌 봄날 아는 노인 왔다면서
벗없던 거친 동네 각승(覺僧)은 어질었다.
더구나 도연명 찾은 듯 보아주어서…

2
독 백

가는 저녁 오는 아침에

해는 이렇게 가고 오는 구나
서리 얼음장 아래에서 고기가 숨쉬고
싹이 숨 쉬듯이
사람들은 꿈을 소망한다
새해의 눈시울이 나를 챙긴다

설날 아침
따뜻한 그릇 구경도 못하고
쓸쓸히 보따리를 싸지마는
그래도 가야 할 여정이 기다리어
그것으로 푸지고 여밈이 된다

세상은 험난하고 각박하다지만
겨울 나무도 바람도 가지와 더불어 간다
혼자의 세상은 너무 서럽다
하늘만은 나에게 함께 있다
그래서 혼자는 아니다

말없이 삭이고 마음을 풀자

너그러워져서 이 생명을 살자

그리고 백설을 담아 한 세상을 누리자

그래도 이세상 내가 있어야 할

공간의 섭리가 있지 아니한가

황량한 겨울 숲으로

소름 끼치는 칼 바람은

아련의 즈음을 그리워하게 한다

만고풍상 이겨내는 설화(雪花)로 남으리라

삭풍의 동지섣달 그믐날 처련을 넘어

님에게

또 하루가 갑니다 겨울은 깊어만 갑니다
머물러 있는 시대인 줄 알았는데 세월은 멈추지를 않습니다
광야에서의 삶이 추워집니다

무얼 위해 살고 있는지 또 하루의 격정입니다
하늘이 준 숙명인줄 알았는데 내가 만든 길이었습니다
내 가슴속이 애련합니다

굽이 굽이 가시밭길 다시 가라면 못 갑니다
시대가 바라는 여정인줄 알았는데 나 홀로이었습니다
잘못된 돈키호테였습니다

계절이 다시 오면 사랑의 여로를 가려 합니다
애통으로 인생인줄 알았는데 내게도 축복이 있습니다
내게도 같이 할 사람이 있습니다

그리움의 하루가 갑니다 조금씩 다 가고 있습니다
나만의 동경인줄 알았는데 함께 은혜하고 있습니다
매일 매일 꿈꾸며 살고 있습니다

이제는 무거운 세상도 나를 묶을 수는 없습니다
그냥 온 줄 알았는데 할머니의 간구가 이룸입니다
그날을 향해 감사하며 살겠습니다

다가올 나의 님을 그리며

지난 20여년 참으로 우직하고 무모하고 억울하고
서럽고 분노하며 처절하게 달려왔다
가혹한 시련에 시달린 경험이 없는 사람은 모를 것이다

나는 학창시절 불평등 불공정 불의에 저항하며
학생운동 농민운동에서 사회참여지향 사회비판의식의
뿌리가 만들어 졌다

굴곡의 인생사에서 행동하는 정치학자의 길은
외롭고 고달프고 험난했다
권력과 해바라기들과의 경계와도 대항해야 했다

심신과 형편의 고도가 바닥으로 추락할 때마다
나는 참 많이 방황했다
그럴 때마다 하나님 왜 이렇게 힘들게 하고
대체 왜 그러십니까

지켜주는 버팀목은 없었지만
그래도 절망하지는 않았다
뭔가 깊은 뜻이 있을 것이라고 생각했다

힘들어도 기독교인처럼 피정이나 불자처럼 동안거(冬安居)
나 교수들처럼 안식년 한번 못해봤다
참으로 엿 같은 인생의 인격 없는 삶이었다

이제 안식과 인격을 잡으려고 한다
그것은 사랑이다 수고와 상처, 방황과 애통을 넘어 얻은
사랑, 고귀한 삶, 인격이 있는 삶 그것이 이것일 것이다

바람신발

음달바람 사이로 안개구름 자욱한 겨울새벽
팔충로 소막에 날 밝음의 기다림이 지나간다
주인 닮은 미련한 소들은 또 하루를 시작한다
존재의 연민을 배운다

여기가 있어야 할 석양의 경계라면서
생명은 또 작별을 고한다
바람이 분다 지구촌 떠도는 보헤미안처럼
작품을 만든다며 이방인의 길을 떠난다

바람 불고 해와 달, 별이 드리우는 그림자
몸살스런 첩첩이 가파른 여정
피고 지고 다시 피었다 지는 사연들
숱하게 다니면서 만든 평생의 길들이지만

그래도 수고하며 만들고 이어온 길 위에
아득한 경이로운 삶보다는
고된 역사와 땀이 더 많구나
그래도 소금과 밀알이 만나는 고원을 찾는다

하 루

화요일 강의 흥분으로 소름 끼치는
학생들의 집중을 받으며 아주 힘차게 두 시간을 했다
파김치가 되어 늦은 시간
학생들이 태워다 주어 거시기한 아파트로 왔다
저녁도 못 먹고 뒤척거리다 잠을 잤다

이른 아침 다시 눈을 떴다 살아있다는 생각을 한다
오늘은 누구에게 시달리고 어떻게 사정하고 풀어야 하는지
무엇을 위해 힘든 종을 치려는지 또 하루가 이렇다
그래도 어렵게 키워온 나무에 줄 물을 길어와야 한다
너무 가물어 물 구하기가 힘이 들다

마태복음 11장을 생각한다

예수님께서 율법에 얽매여 힘들어하는 자에게

수고하고 무거운 짐 진 자들아 내게로 오라

내가 너희를 쉬게 하리라

시대가 나를 필요로 합니다 부활하게 하소서

Farewell

「사랑을 받게 되면 버림받을 때를 생각하고
편안하게 있을 때는 위태로움을 생각하라」
명심보감에 나오는 말이다
있어야 할 자리 떠나야 할 시기 알아야 하는데
머무를 때와 떠날 때를 알아야 하는데

자기의 때를 알고 준비하면서 살아야 하는데
살아가면서 연연해하면 버림을 받는데
버림 받기 전에 떠나면 기리고 아쉬움 남는데
때를 못 맞춰서 신세도 잃고 추하게 된다
시기를 놓치면 오해와 피해가 따른다

아쉬움이 남을 때 떠나야 될 때인데
연민을 받을 때 떠나야 될 때인데
「바보를 칭찬해 보라 그러면 훌륭하게 쓸 수 있다」
영국속담에 나오는 말이다
연연해하지 말고 훌훌 털어버릴 수 있는 지혜를 기도한다

비우는 것은 버리는 것이지만 채우는 것이고
그리워 지는 것은 잊혀진 것이지만 남아 있는 것이다
가야 한다 떠나야 한다 떠나려고 할 때 떠날 줄 알아야 한다
필요로 하는 곳 머무를 곳으로 가야 한다
인도하심과 결단의 지혜를 기도한다

기도

마태복음 26장 39절에
십자가를 지고 겟세마네 동산 골고다 언덕을 향하는 예수가
얼굴을 땅에 대고 엎드려 기도하여 가라사대
「이 고난을 지나가게 하옵소서 그러나 나의 원대로 마옵시고
아버지의 뜻대로 하옵소서」 구절이 나온다
그리고 감당하며 부활하였다

오늘도 상처의 허물을 덮는다
가슴에 흘리는 세월의 갈급한 마음
홀아비는 기도를 한다
이 절박과 역경을 넘게 하소서
이 분노 쓰린 한을 다스려 주소서
허물과 과오를 사하여 주소서

응답과 부활의 역사가 아니더라도
미안하고 감사하며 살겠나이다
낮은 곳을 향하는 서까래가 되겠나이다
굽이굽이 헤쳐온 인도하심의 은혜가
힘있는 무리들의 기세에서도 온전하게 하소서
향하여 걸어온 시대의 애절이 임하고 마감케 하소서

신년 정진(精進) : 길을 찾아서

엄동설한 북풍한설 동지섣달 그믐날
마음 다스려 처연한 회한과 고독 넘어
부활을 가슴에 품고 정진에 들어갑니다

그날이 그리워 험한 길 걸어 왔습니다
새벽을 기다리며 어둠을 견디어 왔습니다
좋은 날이 그리워 상처 속을 걸어 왔습니다

그 사람이 그립고 미안하고 감사합니다
매화와 대나무처럼 정진의 길을 가겠습니다
관포지교(管鮑之交) 지란지교(芝蘭之交) 그리며

세상은 참으로 힘들고 아더매치 합니다
해바라기들의 두 얼굴 나를 슬프게 합니다
굽이굽이 사무친 서러움과 분노가 애절합니다

이 서린 겨울이 지나면 봄날은 옵니다
들판의 야생은 죽지 않고 다시 일어섭니다
소망하는 봄날의 시대를 그리며 오늘도 갑니다

고난의 땅 갈릴리를 찾은 예수

부활 후 고난의 땅 갈릴리 찾은 예수
"내가 세상 끝날까지 너희와 항상
함께 있으리라"
마태복음 28장 20절 고난의 축복 말씀
그리스도여 오늘의 갈릴리는 어디입니까

넘어져도 일어나게 하시고
미움을 품고 잠자리에 안들게 하소서
힘들어도 낙심하지 않게 하시며
바람에 흔들리지 않게 하시며
갈길이 멀다고 걱정하지 말게 하시며
어둠이 와도 외로워하지 않게 하소서

요한복음 11장 25절에
"나는 부활이요 생명이니
나를 믿는 자는 죽어도 산다"
하신 말씀이 오늘을 애통하며 사는
민중들에게 위로와 믿음을 갖게 한다

마태복음 14장 27절 "두려워 말라"
마태복음 6장 34절 "염려하지 말라"
이 말씀을 붙잡나이다
슬프고 험난한 빈들의 마른 풀
갈급한 심령에 은혜로 역사하소서
기도를 들으시고 부활하게 하소서

인 생

담소자약(談笑自若)
위급한 상황에서도 평소처럼 웃고 이야기하는 자세이다

무항산 인무항심(無恒産 因無恒心)
일정한 행동과 철학이 없으면

한결 같은 지조나 사상이 없다는 것이다
맹자가 인간과 사회에 대해 갈파한 말이다

내가 살아가는 슬픈 철학이다
변화에 실패한 자의 허세일지 모른다

이제 이루지 못한 무거운 짐을 내려놓고
이제 사랑을 찾아

구곡간장(九曲肝腸) 오매불망(寤寐不忘)
낙화유수(落花流水) 하며 품위 있는 인생 살고 싶다

3
고독과 그리움

연민에 대하여

내려놓는 것이 아주 쉽지 않다
품고 있는 욕심이 있다
이로움을 찾지 않는데
그저 바램인데 안된다
세월도 가르쳐주지 않는다

연민은 인간이 할 수 있는
아름다운 감정 중의 하나이다
사랑처럼 주고 받지 않아도 되는
홀로하는 머무름이다
그래도 기다림과 그리움이 있다

연민도 참으로 슬프고 힘들다
바람이 삭풍처럼 가슴에 매섭다
염려하며 저 만치에 씁쓸해 한다
잡고 싶은 결점을 못 찾고
항상 평행선에 서있다

다른 마음 다른 길 가는데
그렇게 아프게도 연민을 못 놓는가
연민의 감정이 무엇을 향하길래
뒷모습 그리도 처연해 보이나
그냥 그렇게 홀로 아리랑 벗하시게

상트의 겨울비 연가

침침한 하늘에서 소리 없이 매일 내리는 동짓달 겨울비는
고된 흔적을 연상하는 인생의 눈물 같다
겨울 잠을 들어가는 거리 초목들의 몇 개 남은 잎사귀를
겨울비가 떨어내고 있다
어두운 밤중에 내리는 겨울비는 애잔스럽게 서글프다

오늘은 눈이 내린다 무지하게 내린다
아마도 계절은 묵은해를 보낼 준비를 하는가 보다
한 해를 다 지나 보낸 삶은 깊은 상념과 회한을 가져다 준다
겨울의 비 눈과 함께 딸려오는 삶의 무게가 초조함을 준다
번민의 인생에 맞이하는 올 겨울은 참으로 사위스럽다

슈베르트의 "겨울"을 생각해 본다 그의 주제는
험한 세상 지혜롭지 못한 정처 없는 방랑을 담고 있다
겨울비는 내 시골 남촌의 겨울비보다 겨울스럽다
이곳에 내리는 눈보라는 광화문 함박눈보다 겨울스럽다
그래도 겨울은 새봄을 기다리게 한다

외지의 거친 곳 외로움은 포항제철도 춥다
그래도 화 금은 꿈 빛이 있는 캠퍼스의 클라스와 만난다
거기에는 미래가 있고 열정이 있고 아름다움도 있고
상큼하고 뿌듯스런 나의 학생들이 있다

향하는 그리움이 사무친다 그려지고 기다리는 얼굴이 있다
내 어찌 광야의 가난으로 아련하단 말인가
서러움 부둥켜 피 끓는 가슴 안고 매화처럼 봄을 연모하련다
당신이 열어준 그 길에서 새로운 시대를 노래할 것이다
누가 우리를 범하리오

외롭지 않은 고독

산적한 짐을 남기고
겨울 길 책무가 기다리는 상트에 왔다
벼르던 아름다운 만추의 산행 길을 못 이루고
기리는 그 사람 남겨둔 채
북풍한설 상트에 왔다

연구실도 아파트도 거리에서도 세월의 회한이 만하다
그래도 올해는 그리움이 있다
그녀와의 꿈길을 가는 상념이 있다
장조림과 파김치가 나의 외로움을 달랜다
그 사람이 보고 싶다

내년에는 품이 있는 곳에 살고 싶다
하나님께 기도한다
치열을 거두고 무거운 짐을 내리고 고독을 안녕하며
만혼의 감사를 노을하고 싶다
하나님 이 드림을 거두지 마시옵소서

고독한 여백

앉고 싶을 때 앉고 날고 싶을 때 나르는 새들
계절을 놓치지 않고 피는 화무
그들이 갖고 있는 여백은 아름답다

가슴에 겹겹이 쌓인 사연 묻어 놓고
세월과 세상에 갇혀 있는 외톨이
스스로 만든 연금되어 외로운 나그네로세

그 연민 가슴에 안고 인고 여정 긴 터널
회색 빛 하늘처럼 미로에 멈추어 있네
텅 빈 공간의 여백은 미련의 회한되어 고독하네

꼬미의 겨울

도시의 실내에서 정겹게 살던 꼬미는
각박한 결별로 낯선 환경 낯선 보살핌을 만나
야생으로 다시 산다
옛날의 무심이 서럽지만 잊혀진 기억되어
눈속으로 나온 꼬미는 신나게 꼬리를 흔들며 반긴다
네가 사는 세상도 내가 겪는 세상처럼
부질없는 기다림이고 연민이다
훨훨 털고 그렇게 둥글며 거하여라

나홀로 연가

속은 가득한 고독인데
그 사람은 입이 살아있다고 하네
하얀 여백 헤어나지 못하는데
그 사람은 신명스럽네

침묵을 끌어안은 그 인간은
머물지 못하는 마음 하나 있어
바람결 스치우는 환영을 그리며
허공의 온기를 여운하네

아니거든요 반란 어이하고
노을 길 적막 빛 바랜 추억으로 거한다
꺼이꺼이 나리는 그리움 있어
지쳐버린 일상 공상으로 채우네

눈 내리는 밤

당신이 떠난 그곳에 한없는 눈이 내립니다
눈 내리는 밤은 언제나 가슴 깊은 곳에 숨겨둔
참기 힘든 지난 추억이 생각납니다
어둔 미로 속을 헤매게 합니다

이처럼 눈 내리는 시골의 밤은 고요합니다
아늑한 정경에 매혹되어 눈길을 걷습니다
아름답고 하얗지만 나에게는 어둡고 깊습니다
지켜야 할 약속이 있어 가야 할 길이 멉니다

파 초

세월이 가고 시대가 변하여도
파초의 꿈은 가련하다
이루지 못하는 파초의 꿈은 애잔하다

그리움을 향한 너의 처연한 고독
오늘도 외로운 혼자이다
돌아보니 너는 항상 혼자 이었었구나

여전히 차가운 세상 그늘에서
도전과 열정에 지쳐버린
의탁 없는 너는 어디로 가야 하느냐

말라가면서도 꽃피우는 너의
거대한 기다림을 배운다
나는 너를 사랑하며 새 장정을 간다

4
거시기

노을 길 거시기

나에게 내려온 무거운 짐들
슬픔과 분노의 언덕
고독한 계곡 굽이굽이 지나며
부딪치고 멍들며 석양까지 왔네

거기에 스미고 싶다
거치른 삶이 지나가는 소리가 들린다
따뜻함 그리며 많이도 춥게 살았다
그래도 어둠은 벗어나야지

돌아보니 절절히 거시기하다
고단하다는 구멍가게 아저씨 아줌마
자식 자랑하는 연탄집 아저씨 아줌마
그 행복 빛 좋은 개살구 잠을 깨운다

거시기

세월이 심난하다
세월이 슬프게 한다
사람이 그립고 밉다
그래도 가야지 이 엿 같은 거시기

만남 인연 기대했는데
세월의 가르침 잊고 있었네
우리가 아니고 나 혼자이었네
그래도 가야지 파초의 꿈 위로하며

질풍노도 비운도
시대의 섭리가 준 뜻이라네
기쁘고 아플 때까지 나는
그래도 이 우수를 벗 삼으리라

오늘도 껄쩍지근 하다
필요에 연루되어 또 하루 간다
연통의 소리들이 거시기하다
그래도 가야지 그것이 인생이라네

고무신을 거꾸로 신은 여인

그녀가 양다리에서 한쪽 다리로 돌아섰다
빠지게 하고 돌아섰다
생각했던 것 보다 얻을게 별로 없다고
판단했나 보다

내가 너무 믿었나 보다
그녀는 아무렇지도 않다
도덕도 정조도 책임도 미안함도 없다
인생이 다 그런 거라고 한다

내게 시들해진 그녀는 이제 다른 곳을 넘본다
새로운 돌파구를 찾고 있나 보다
그녀 말처럼 정의도 실체도 없는
그저 놀아나고 혼자 연민하며 미쳤었나 보다

어떻게 해야 할까
자빠져 뒤집어쓴 이 덤터기를 털어내야 한다
그런데 일어나기가 힘이 든다
참으로 분하다 어떻게 이럴 수가

광화문 거시기

뜬금없이 꿈을 찾아 떠난단다
변화가 있을 즈음이면 심기일전 대신
쉽게도 나오는 그 소리를 들으며 참 거시기 하다

전에는 다른 이유로 그랬다
벌써 세 번째이다
이 사람을 믿고 웃고 울며 동행했는데

굽이굽이 구석구석 쌓인 감정 애처롭구나
10년의 약속 3년도 못 되는 방황으로 막하려하니
만감이 거하는 구나

어디까지가 진실이고 함께 했는지
그렇게 깊은 정 홀로 된 허망 되니
약싹한 세상 오늘의 세월 그대로인가 보다

빵꾸

평안하였는데 빵꾸가 났다
때웠다 좀 불안하다
다시 빵꾸가 났다
오래 갔으면 하고 또 때웠다

다니기가 불안하다
언제 다시 날지 걱정된다
속시원 갈아야 하는데
정들어 그러기가 거시기하다

마포 거시기

아는 사람이 오늘도 한마디 한다
면도를 하시면 안돼요
피트니스 클럽 식당 아줌마가 오늘도 한마디 한다
회원님 깔끔히 좀 하고 다니세요

꼬락서니가 좀 거시기 한가 보다
마음먹고 미장원엘 갔다
해주던 미용사가 떠났단다
마포로 갔다 돈푼이나 있어 보이는 여인들이 많다

사내도 끼여 머리 컷트 파마를 했다
수고 하셨습니다 10만원입니다
광화문에서 5만원에 하던 것이 배가 비쌌다
그래도 강남에 비해서는 반값이란다

나온 길에 마포 내장탕을 먹으러 갔다
가족 친구 연인들 손님들로 가득하다
파, 후추, 김치 등 거들어 주던 고무신이 생각났다
사내는 끼여 반그릇도 못 비우고 나왔다

양다리 거시기

거시기의 사전적 의미는 얼른 생각나지 않거나
말하기 거북한 사람 이나 사물을 가리키는 대명사이다
나는 믿을 수 없는 사람, 두 얼굴을 가지고 있는 사람
챙기려고 줄 서는 사람, 헛소리 할 때 거시기를 쓴다

지식인 사회가 경계하여야 할 말이다
가깝다는 사이에는 어울리지 않는 말이다
그런데 여기들이 가장 슬프고 분노스런 거시가 일어난다
이해관계로 주판하며 음흉하게 거시기가 일어난다

양다리 믿고 있다 어떻게 개박살 나고 구멍이 뚫릴지 모른다
동대문 남대문 시장 보다 더하다
세월도 동행도 약속도 정절도 개떡인 거시기가 감추어져 있다
사람 정 지키다 힘 빠지는 순간 오면 거시기가 나타난다

그래도 나에게는 당신이 있어 그래도 나에게는 그것이 있어
나의 거시기는 풍자적 유머의 대명사라 생각했는데
심하게 껄쩍지근 한 거시기뿐이네
당연한 세상사 그래도 있다고 과한 욕심 갖는가 예라이…

불치병

자신의 통합도 못하고
갈기 갈기 찢기어 있으면서
스스로 친 울타리
열지도 못하면서
떠나는 사람 잡지도 못하면서
경계를 한탄하는 고장난 인생
노을 길 되어 애처롭구나

석 별 I

서럽고 험한 언덕 헤쳐 넘어
웃고 울고 같이 왔는데
가난이 싫어 집을 나간다고 한다
애초에 동행결의 아니었나 보다
미움 넘어 지혜가 보인다
잘먹고 잘사시게

석 별 II

시대가 가고 세월이 지나가도
목놓아 함께하며 맹세한 약속
다른 빛 보인다며 그 사람은 짐을 쌌다
바다 건너 향수 못 버리고
애절했던 동행 길 인연 뒤로 하고
거시기한 욕망 찾아 팔자를 고친단다
세상사는 방법을 본다
소원성취 하시게

동 행

만나면 헤어지고 헤어지면 다시 만난다
이별을 위로한 말이다
그러나 세상은
사랑도 정도 이념도 동행의 약속을 지키지 못한다
그저 있는 동안의 기억일 뿐이다
동행의 바램은 욕심이고 욕망일 뿐이다
있을 때 잘하고 미련에 분노해서는 안된다
그것이 세속의 인생이다

고향친구

얼랄라 언제왔댜
저번때보다 기상이 시원치 않네
사는게 거시기한감
허긴 나도 거기가 일을 안해
요새 좀 거시기해

5
광 야

동지섣달 그믐날

시름겨 긴긴 송년 해 저물어가는데
왜 이렇게 못 넘어가고
부대끼는 불초만 가득한가
칼 바람 썰렁에 너무 아리다
석양 길이 안쓰럽구나

지나간 일들이 왜 이리 야속한가
무거운 짐 고단의 여정
왜 그리 끈질겨 달라붙는가
세월 넘어 여기까지 왔건만
되돌릴 수 없어 목이 메인다

보고픈 그리움 하나하나 떠오르고
지난 시절 정주고 간 사연들
지금 타인되어 제 갈길 가는데
무엇 서러워 무슨 미련으로
왜 이리도 광야에서 헤매는가

광야의 먹구름

언덕도 비빌 곳도 없이
미련한 도전 긴 세월
지치고 힘들다
어떻게 어디로 무엇을 찾아
여기를 벗어나야 하나

망막한 벌판 위에
또 하루의 해가 저문다
저 건너에 불들을 밝힌다
먹구름 가고 별들이 온다
거친 길 별빛 따라간다

광야에서

엄동설한 북풍한설 광야에
또 하루의 해가 저문다
동네의 집집마다 불들이 켜진다
마실 가는 풍경이 사람 사는 냄새가 난다

눈 덮인 그 집은 언제나처럼
캄캄하게 침묵을 지키고 있다
들락거리며 토닥거리는 그 모습
그렇게 연모했는데 그 길을 못 열었구나

앙상한 나무들 사이 동백의 푸르름이
기다림으로 홀로 아득하구나
나 여기 어둑한 노을 길 인고하며
저들 생동하는 계절의 광음을 기다린다

벗어나지 못하는 광야의 고독한 설움
다가오는 저질러진 태산에 더하여
이제는 지치고 두려웁구나
이 광야에서 목놓아 그날을 기다린다

그 인간의 개과천변

채움이 없는 빈 그릇으로 살아가는 그 인간은
마음의 삶이 항상 궁핍스럽다
그래서 시늉하는 염려에 감동하고 고마워한다
타인들 세상에서
다른 생각 다른 마음 읽지 못하고
동행과 인연의 연민을 그린다

약삭도 적당의 지혜도 없는 그 인간은
타인들의 진실과 거기까지를 읽지 못한다
그래서 아련함에 지치고 거리에 아파한다
당연한 세태에서
등신처럼 애처로워하고 분해 한다
한 무리인줄 잘못 알고 혼자인 줄 망각하고

거기까지 거리를 측량하고 알게 된 그 인간
세상 사는 법을 다시 배운다
그래서 미련 인연 내려놓고 적당을 배운다
거시기한 세상에서
쓰잘머리 없는 정 연연 허망 버리고
타인들처럼 그저 그렇게 살다 간단다

타인 향한 나홀로 믿음 기대 소망 던지고
타인들처럼 주판하며 산단다
그래도 죽는 날까지 사과나무를 심으며
우리가 없는 세상에서
특별을 놓고 스스로 만든 무거운 짐 무게 안고
광야에 다시 서 개과천변 생명으로 간단다

돈키호테 출애굽기

서럽게 한참을 달려 찾아 이 곳
고독한 바람과 짝이 되어 걸어온 이 곳
아직도 펼쳐진 광야 위로 쓸쓸히 바람만 부네

아직도 강줄기는 안보이고
외로이 한 그루 초목 바람에 흔들리네
두 팔 벌려 세월 속에 묻혀진 지난 날 기억하네

가지마라 가지마라 뒤로하고
떠나온 이 길 동행은 돌아갔는데
혼자 남아 가는 길 험하고 미련도 하네

돌아와라 돌아와라 듣지 않고
무슨 뜻 그리 깊어 그 먼 길 가고 있나
출애굽기 가나안 땅 가는 모세의 축복도 없는데

입을 다문 사내

어김없이 불금이라는 금요일 저녁이 온다
밤이 지나면 가족과 연인의 즐토가 온다
인간시장이 거리와 산천을 메운다
괜찮게들 사람사는 냄새가 난다

돌아오는 길부터 입을 다문 사내는
몇일을 입을 열 일이 없다
동네 사거리 노점상에 가서
야채 아줌마에게 오이라도 사지

오래된 세월에 사내는 익숙하다
사내는 국수집을 갔다
잔치국수 주세요 얼마입니까
상대와 대화가 있는 주말이다

유리 벽

유리 벽 사이로 따뜻한 햇살이 들어온다
위치와 틀이 서툴지만
바람도 막아주고 추위도 막아주어 좋다
환한 유리 벽이 있어 좋다

을씨년스런 어느 날 유리 벽이 금 갔다
밖에서 보기가 사납지만
어떤 바람 불어 저렇게 되었나 궁금하다
다시 유리 벽이 구멍이 났다

오랫동안 세월을 막아주던 유리 벽이
세월견디느라 고단했나보다
갈기싫어 실리콘 쏘아 아수웁게 막았다
유리는 금가 깨지면 끝이란다

니체의 아모르 파티(Amor Fati)
네 운명을 사랑하라

라틴어로 '아모르'는 사랑
'파티'는 운명이란 뜻이다
인생여정에서 겪는 희로애락을
긍정하고 받아드리라는 것이다

닥치는 격한 운명
피할수 없으면 즐기라는 것이다
운명을 사랑하고 포용하는 용기
닥쳐오는 운명은 필연적이다

어려운 세상에 스스로를 믿고
삶을 귀중하며 결연하자
사랑도 이별도 연민도 불행도
살아가는 아모르 파티이다

안 녕

소개팅을 했다
준수한 얼굴과 몸매
이지가 가미된 괜찮은 만남
왕래가 시작되었다
따뜻한 안부와 챙김
응답해야 하는 감사와 인사

합치자고 한다
쉽지 않은 기대와 요구
기도의 예비된 응답이란다
고민스런 일이다
갑자기 찾아오는 변화
감당에 자신이 없다

찾아 기다렸던

내일 이었건만 멈추어진다

기다리던 인연 아닌가보다

정들은 이별되기 전에

안녕으로 마감을 한다

미안하고 감사했다

봉황과 참새

아무도 아무것도 찾아오는
불행으로부터 자유하지 못한다
자연의 분노 욕망과 흥망으로
예고않는 병마와 사고로
그림자와 배신으로
세월과 시대는 미쳐있다

흐르는 강물에 그림자가 없다
폭풍과 홍수에도 바다로 간다
봉황의 뜻을 참새는 모른다
구름낀 석양 비오는 석양도
따뜻한 석양 찬란한 석양도
밤이슬 맞으며 어둠으로 간다

6
남촌의 향수

남촌의 아름다운 슬픈 봄

쓸쓸하게 앙상하던 울 안팎의 나무들이
겨울의 격정을 인내하고 꽃과 녹음으로 만개하여 휘황스럽다
아름답고 찬란하다

목련과 동백, 벚꽃이 화무의 자태를 결별하고
녹음방초로 가는데
연산홍과 철쭉은 붉은 빛으로 하얀 빛으로 핑크 빛으로
남촌을 밝히고 있다

금송 은송 조선송과 청대나무의 푸르름은
초목의 절경 조화되어 쓸쓸했던 시골 집을 환하게 한다
그러나 함께 할 동행 올해도 안보이니
그윽한 생동 앞에 애처롭게 미안하다

깊어가는 봄날의 아름다운 향연
고독으로 다가와 신명 없이 슬퍼진다
진종일 주룩주룩 내리는 봄비가 심난을 더한다

설한(雪寒)의 남촌(南村) 가는 길

주말로 왁작이는 금요일 서울 저녁
김밥 한 줄 사들고 적막이 기다리는 남촌을 간다
대설 경보가 내렸다더니 앞이 안보이게 폭설이 내린다
겨울 저녁 눈 내리는 혹한의 밤길이지만
그래도 이 길은 세월이 숨결 하는 집으로 가는 길

오지마라 위험하다 눈 그치고 날 풀리면 내려와라
운전 조심해라 어디쯤 오느냐
노심초사 안절부절 하시던 할머니 기다림의 기도 길
안부도 기다림도 오래 전 끊기어 진
평생의 길이 되었구나

가다가 살다가 잘못되어도 서러워하는 끈도 없는
타인들뿐인 나 홀로인 세상에서
헛손질 부질없는 정 인연 욕망 미련 내려놓고
죽는 날까지 저 하얀 눈처럼 하얗게 인생하자
아더매치의 고약한 세상을 넘어서

갑오년 설날 즈음에

굽이굽이 험한 길 시대를 넘어 여기까지 왔는데
세월이 흘러 흰머리 늘어 석양으로 기우네
미련한 집착이 떠날 시간을 가로막네
서러운 아픔 애통스런 분노가 나를 붙잡네

붙잡을 사람 없는 내가 살아온 길
돌아보지 말고 기억하지 말고 가야 되는데
지나간 일들을 잊어버리고
치열했던 고난 뒤로하고 떠나가야 되는데

저 하늘 쫓아가다 돌아보니 세월만 흘러갔구나
연모도 애착도 모른척하고 무정하구나
어느새 지나버린 빛과 그림자
애절한 아픔 가슴속에 눈물 느껴지누나

너무나 많았던 추억들을 그려진다
야속하고 후회스런 모두들이 생각난다
돌아보지 말자 기억하지 말자
광야의 유랑 이제 멈추고 남촌으로 가자

한(恨)

살아가는 오늘이 많이 힘들고 아프다
얼마나 길게 이렇게 갈 것인가
믿었던 날들이 믿었던 사람들이 지나간다
그래도 희망을 놓지 않고 하루 하루를 버틴다

마디마디 서럽고 후회스러워도
모질고 외로운 나의 숙명에 가치를 찾는다
겨울의 혹한을 견디며 피어나는 매화처럼
내 가슴을 적시고 때리는 비바람은 멈출 것이다

무거운 짐 감당할 수 없는 이 길이지만
걸어온 역경의 길을 바람처럼 흔적을 지울 수 없다
아직은 더 바보 같은 이 길을 갈 것이다
그리고 그곳에 올라가 오늘을 얘기하고 내려가야 한다

함께할 님이 없다
이 한가지의 축복만 있어도 웃을 수 있을텐데
나에게는 아무것도 없구나
그래도 울지 말자 분명히 지나갈 그날을 위해

할머니와 손자의 집

이 시골집에서 홀로 손자를 키운 할머니는
항상 사람을 그리워했다
중학교를 졸업하고 서울로 유학 가는 손자 보내며
몇 날 며칠을 우셨다

한 달에 한번이나 내려와 하루 저녁 자고 가는
불효 손자 기다리는 낙 삼아
손주며느리 수발 한번 받는 그날 기대하며
쓸쓸한 여생 애처롭게 사시었다

노을 길 되어 그 자리에 손자가 왔다
세월이 가고 시대가 변하였는데
할머니의 적막 그대로 받아 손자가 왔다
손자가 가면 이 시골집 기다림도 사라질 것이다

손자는 할머니처럼 혼자 밥을 짓는다
개축과 초목으로 시골집은 거해졌건만 유적의 성막처럼
꿈꾸던 석양의 푸짐 물거품 되어
손자는 기약 없는 내일을 한스러워 한다

집으로 가는 길

귀향 길은 기다림과 반가움이 있다
명절의 귀향도 그렇고
방문의 귀향도 그렇고
이주의 귀향도 그렇다
토속했던 고향은 추억의 생명력이 있다

생명의 귀향 길은
고단한 방황의 저편에 묻어둔 귀향
아련과 고적만이 있다
할머니가 남긴 장꽝 항아리가
삶의 갈피를 말해준다

긴 겨울 넘어 생동하는 초목
북적대는 소리 들린다
매화의 향기를 맡으며
시대와 세월을 삭힌다
하얀 목련이 꽃망울을 터트렸다

가지 않는 길

갈래 길 사이에서
사람들이 피하는 가지 않은 길
어렵고 평탄치 못한 길
위험스런 길

유혹에 방황하던 길
현실과 대결하던 길
팽팽한 경계선을 따라
곡예를 하는 길이었다

무명초 서까래라도
다른 길 아닌
그 길을 걸어온 것
숙명적 섭리이었네

불쌍한 중생

거덜나는 초막에서
지켜주는 임자도 없는데
주판저울 양얼굴
흑백바람 어찌 견디려고

무거운 짐 다 짊어지고
소리치며 말달리는
허덕대는 불쌍한 중생
이저리봐도 가련이구나

속내는 저만치 딴데 가있는데
가까운 제 곁인 줄 착시하여
가슴 담는 어리석은 중생
왜 그리 바보처럼 예라이…

당신을 내려놓으며

적지 않는 세월 부침하고 엉키며
빛과 그림자에 웃고 찡그리며 목놓았던
그래서 가슴으로 새겨진
연민과 은혜의 숨결과 흔적들

해후나 동행의 미련은 시대의 그들에
심지 없는 여백 되어 사라져
이제 동산에 묻는다

기다려 찾는 새로운 인연 소중의 지조로
생명의 정절로 거하여 행복하시게

파초처럼 사시게

나뭇잎이 크고 우거져 허벌나게 피는 꽃나무
음지보다는 양지를 좋아하는 꽃나무
거리의 나그네 비바람을 막아주는 야생화
들판의 풀꽃처럼 쓰러지지 않는 파초는
생력의 연민을 준다

그윽하고 속이 찬 파초는 화려의 치레 못하지만
은은하게 향기 푸른빛 잃지 않고
정절하고 찬란하며 태양의 그늘을 한다
하늘과 세상을 향하는 파초의 꿈은
아름답고 착하며 강하다

고무신 바꾸어 신고 살던 땅 소중했던 인연 묻고
다른시대 새세상 찾아 먼길 간 고약한 여인
빛과 그림자 함께하며 한 세월 풍미가 속절 없구나
부픈 꿈 욕망에 지치지 말고 파초처럼 사시게
새 인연 아끼고 사랑하며

비홍산에서 해후한 탱초 가라사대

이미 깨지고 구멍 난 그릇은
때우고 막아도 담는 그릇은 못되나니
아무리 아깝고 귀히 여기고 싶더라도
아니 보는 것이 덜 속상하다

이에 대한 연민과 미련은
이 시대를 살아가는 처량한 루저이다
노심초사 공들인 작품 실오라기 흠집 하나에
주저 없는 버림의 옹기장이 결연을 배우라

정절 없는 인연의 나무는
셈으로 짜여진 뿌리 없는 방초일 뿐이다
양지 찾는 겉 속 다른 무리하나 일뿐이니라
절절한 정 내려놓고 그냥 그렇게 사시게

시대를 고민하고 거대하다지만
홀로 슬퍼하고 노하는 고독 가련의 중생
별거 아닌 인생이라지만 아주 별거이네
그대는 나보다 더 한심한 탱 탱초이시네

속가린 여자와 속벗은 남자

속 태우던 여인이 계절을 찾아 사라졌다
속을 알 수 없는 그녀가
속없이 비행기를 탔단다
속이 환장스러운지도 모를 일이다

속있는 그 남자는 지금 슬프다
속벗은 그 사내는 아주 추운가 보다
속내가 머무를 곳이 없단다
속이 옌병을 하고 있는지 모를 일이다

여 정

산하가 거리가 만추의 단풍으로 물들어 있다
세월이 가고 시대가 변하여도
자연이 주는 섭리는 지고지순하다
그래서 세상이 힘들어도
연인들과 가족들이 친구들이 이 정취를 즐긴다

자신을 불태우며 아름다움을 발산하는 단풍
나도 꿈 많은 청춘 다 보내고
저 나무들처럼 열정과 치열로 살아 왔는데
찾는 이 없이 낙엽의 노을 길 쓸쓸하구나
힘들게 달려온 세월 외로움만 남는구나

그림 지워진 나를 사색해 본다
나를 위해서 무엇을 했나 돌아본다
그래도 나에게 그리운 것들이 있었나 보다
내 열정 다 식기 전에
운명의 이 여정을 품고 오늘도 이 길을 떠난다

작은 산사의 정월 초하루

따뜻한 햇살이 있는 청명한 날이다
종일 가을에 쳐놓은 나뭇가지들을 태웠다
앞마당 뒤꼍에 초목이 북풍한설 무탈히 넘기었나 보다
생기가 보인다
봄이 가까운가 보다

까치 까치 설날은 어제께고요
우리 우리 설날은 오늘이래요
아련한 추억이지만
동네는 민족 대명절 설풍경에 시끄럽다
푸지고 부러웁다
험난하고 각박한 세상이지만 촌락의 오늘은 살만해 보인다

건너편 은산뜸 부께미 부치는 냄새에
허기가 찾아와 떡국을 끌이었다
그냥 넘기기 서러워 어젯밤 육간에서 소고기 한근을 샀다
홀로 먹는 대충한 떡국이 너무 맛있다
산사의 정월 초하루 또 이렇게 늙어 가는 구나

어제와 내일의 거함

생업에 얽매이지 않고 세상의 무거운 짐과 구속을 훌쩍 벗어나 귀향의 정신적 자유를 누리는 여유로움 속에서 지난 세월을 성찰하고 인격을 지키며 인식과 안목의 지평을 갖추어 사는 높이로 정진하는 경지와 수준을 동경하고 고요한 마음으로 사색을 통해 거기에 근접하고 싶다.

러시아의 대 문호 도스토예프스키의 〈까라마조프의 형제들〉은 대륙의 광활과 한없이 깊고 어두운 인간의 마음속을 탐험하게 해준다. 인문의 매혹은 인간의 본질, 삶, 빛과 그림자, 가치를 탐구한다. 그래서 생존의 필수처럼 공기와도 같다.

이 땅의 양심 있는 지식인들은 붓과 행동을 통해 어려웠던 50-60년대 시대에 치우치고 감정적였지만 민족의 한을 담아내는 위로와 양식을 전달하는 역할을 하였다. 근대화 산업화가 진행되던 70-80년대엔 거칠고 인문적 감상이 결여되었지만 사회악과 적폐를 고발하는 사명의 메시지가 있었다. 민주화에 도전하던 90년대에는 저항과 가치추구가 혼재적 견인을 주도하였다.

그러나 파란만장한 역사적 변천과정에서 사회적 부조리로 의식과 전통의 분열과 갈등으로 논리적 사고를 게을리 하였다. 지금 우리는 사유의 황야에서 폭풍과 대적할 양심과 용기, 결단과 도전의 미래를 향한 의욕을 잃어가고 있다.

그대가 아니어도 허벌나게 세상은 잘 돌아간다. 갈래면 가지 왜 자꾸 뒤돌아보고 머뭇거리는가? 끊임없이 고뇌하지만 정작 행동으로 옮기지 못하는 햄릿과 심사 숙고하지 않고 보이는 대로 느끼는 대로 먼저 행동을 하고 보는 돈키호테의 문학세상 감상을 놓아야 한다.

두 얼굴의 감초들은 햄릿형을 거쳐 돈키호테형이 되는
것을 이상적이라고 한다. 그러면서 아무 것도 실천하지
않는다. 후회의 거소가 남지 않도록 충분히 고뇌하고
욕심을 버려 옳다고 생각하는 시점에 행동으로 옮기는
용기가 있어야 한다. 이 동경의 실현을 꿈꾸며 그 무대
를 준비한다.

시베리아의 바이칼

생전에 꼭 보아야 할 자연의 섭리 절경
제1이 시베리아의 바이칼 이다
춘원 이광수는 그의 대표소설 '유정(有情)'에서
바이칼은 속세의 허위를 비웃는 순수의 상징
같은 곳이었다 라고 하였다
그러나 겨울 바이칼은 영하 40도까지 내려가는
혹한에 북풍한설 몰아친다
설원과 얼음성이다
도전과 탐험의 기백 결단 없이는
겨울왕국의 진주를 보지 못한다
겨울 바이칼을 보지 않고는 시베리아를 말할 수 없다
시대에 저항하던 러시아의 지식인들이
겨울 시베리아의 유형을 견디며
민중문학을 꽃피웠던 곳이다

겨울 강의실

캠퍼스 밖은 눈보라에 북풍한설인데
강의실 안은 열기가 넘친다
늙은 학생이 말한다
"러시아의 겨울은 하늘이 준 축복의 섭리입니다"
발랄한 여학생이 말한다
"러시아의 겨울여인은 세계인들한테 사랑 받습니다"
계절과 아름다움에 대한 그들의 자긍적 자랑이다

정치와 경제가 뭐라하던 겨울 강의실의 생기는
꿈이 있고 아름답다
학생들의 행복론 강의장이 되었다
국제관계 강의시간은 인문의 테이블이 되었다
움츠리게 한 한기는 간데온데 없이 사라졌다
사치도 과장도 없는 그들에게 겨울노래를 들었다
방한복만큼이나 든든스럽고 풍진 하루였다

돌아가시겠네

혈압올라 돌아가시겠네
불편해서 돌아가시겠네
억울해서 돌아가시겠네
화가나서 돌아가시겠네

눈꼴셔서 돌아가시겠네
잊어져서 돌아가시겠네
아파와서 돌아가시겠네
힘들어서 돌아가시겠네

이렇게 돌아가시고 사는데
돌아가서는 안될 그 사람이
다른 길 찾아 돌아가버렸다
돌아가시는 슬픈 세상이다

여기저기서 염장을 지른다
산골고개 석양이 쓸쓸하다
마이웨이 색소폰이 흐른다
엿같은 하루 돌아가시겠네

자연과 사람

꺾어진 나무도 뿌리가 튼튼하면
다시 싹이 나온다
꽃이 지워져도 다시 꽃은 핀다
천둥과 광풍이 와도
새벽은 어김없이 온다
궂은 날이 가면 햇살은 다시 온다
그러나 세월의 섭리는 사람을 마감케 한다
그래서 끝나기 전
인간은 사람의 일을 하고 가야 한다

8
구름 넘어 바다 건너

블루 마운틴

위대하고 웅장한 협곡 시드니 블루 마운틴

빼어난 경관과 울창한 숲

신비로운 푸른 빛을 발하는 산

가파른 계곡과 폭포, 기암이 빚어내는 아름다운 경관

자연 극치의 섭리로다

세 개의 사암 바위가 융기한 세자매 봉

가파른 협곡 달리는 궤도열차

원주민과 광부들의 태고가 고스란히 서려있다

아름다운 터전 양코에 빼앗겨 흔적 사라지고

돈벌이 장사꾼들만 그득하구나

테를지

드넓은 초원 광활한 자연 기암괴석의 산악지대와
강이 어우러진 유목민의 게르가 한 폭의 그림이다
말과 야크 양떼를 모는 목부의 한가로운 모습이
찌들은 일상에 여유를 준다
몽골의 별이 빛나는 밤이다

테를지의 작은 강들은 하나가 되어
바이칼 호수로 들어가 앙가라, 예니세이 강을 거쳐
테를지의 물줄기는 북극해로 간다
동서를 침략하고 세계를 점령한
징기스칸이 테를지의 정기를 받았나 보다

하이델베르크의 인문을 만나다

영화 〈황태자의 첫사랑〉을 통해 잘 알려진 하이델베르크는
예술가를 매혹시켰던 낭만적인 유적도시
독일 최초 대학이 생긴 곳
문인 화가 작곡가들이 활약했던 아름다운 도시
30년 전쟁으로 불행한 운명을 살았던
비극과 낭만이 혼재해 있다

인간의 생존 활동과 실행에 대해 천착한 한나 아렌드를 만난다
하이델베르크대학 실존철학자 야스퍼스에게 사사한 그녀는
사적 영역에 숨을 것인가 아니면 행위 할 것인가
인간의 존엄성과 가치에 대한 철학을 제시하였다
오늘의 게르만 민족 시대정신이다
이렇게 하이델베르크의 역사는 흐르고 있다

밴쿠버의 여인들

캐나다 동부 태평양 연안 항구도시 밴쿠버
아름다움과 자연의 경이를 동시하는 살기 좋은 땅이란다
흐드러지게 핀 꽃들의 향연이 절색을 연출한다
빅토리아 노천카페에서 절경에 빠져본다

초대받은 만찬에서 서울을 그리는 여인들과 만났다
어젯밤 불러준 선구자의 하모니가 맴돈다
디아스포라 밴쿠버시대를 뿌리 하는 사람들이다
우리는 누구인가 우리는 왜 여기에 있는가

그들의 노래는 그들의 살아가는 이야기는
가슴에 심금을 준다
살림하고 일하며 이웃에게 향수하는 한인여성중창단이다
자랑스런 아름다운 밴쿠버의 여인들이다

미 대륙횡단 유감

살면서 누구나 해 보고 싶은 미 대륙횡단
동 서부를 관통하며 마주치는 지형과 인종의 다양함을 만난다
광활한 영토에 펼쳐지는 장엄한 산맥
작열하는 태양 모하비 사막
그랜드캐년 옐로우스톤 경이로운 대자연
뉴욕 워싱톤 시카고의 위용은
아메리칸 대륙의 상징적인 매력이다

미 대륙의 신비와 찬란의 뒷길에는
애리조나 카우보이 인디언 저항 정신이 곳곳에 스며있다
개척이 아닌 점령의 총잡이 서부개척사에는
무수한 원주민들의 처절한 원혼들이 묻혀있다
영토확장과 노예해방의 남북전쟁에는
수많은 노예들의 애절한 참혹사가 있다

시대와 역사가 이룩한 문명과 힘의 극치가

인류의 슬픈 기억들을 지우고

여기를 찾는 사람들의 로망 앞에 묻혀지고 있다

아름답고 신비롭고 경이로운

미 대륙의 동 서 관통 여정에서

누리는 감동과 환상을 넘어 슬픈 사색을 한다

시베리아를 횡단하다

역사와 문명이 이룩한 최대의 결작
동 서양을 잇는 세계에서 가장 긴 철도
아시아 태평양 유라시아를 넘어 지구의
3분의 1을 돌아가는 시베리아 횡단철도
산맥을 넘고 강을 건너고 경계를 허무는
자연과 시간을 휘감는 장대이다

러일전쟁과 세계대전의 전쟁역사 속에 이룩한
시베리아횡단철도는
어둡고 찬란했던 제정러시아의 영토확장에서
시베리아유형시대의 암흑기와 러시아혁명
조국전쟁의 승리 오늘의 동진까지
근 현대 러시아의 명암을 고스란히 간직하고 있다

동쪽의 끝자락 블라디보스톡에서
러시아의 심장 상트페테르부르크까지
9,900킬로 7박8일 철의 실크로드 길에는
펼쳐지는 대자연의 감상과 더불어
도전의 역사와 희망의 미래가 함께하는
진한 감동과 흔적의 사색을 주고 있다

시베리아 횡단 길은
한반도가 분단 넘어 대륙 가는
통일미래가 번영으로 가는 길이기도 하다
극동 시베리아에는 이주 정착 독립운동의
대한인들 애절한 대륙사가 숨결하고 있다
과거 현재 미래가 공존하는 탈주의 길이다

발틱3국을 가보시오

발틱3국은 발트해 남동 해안에 위치해 있는 에스토니아, 리투아니아, 라트비아를 가리킨다. 1989년 소련으로부터의 독립을 위해 에스토니아 탈린-라트비아의 리가-리투아니아의 빌뉴스 세나라 수도에 걸쳐 620km에 달하는 길 위에 펼쳐진 '인간사슬'의 현장 여기가 바로 발트의 길이다.

역사적으로 돌아보면 오랜 전쟁을 거치면서 발트의 삶은 수탈과 침략의 역사였으며 민중의 삶은 고단했다. 1939년 히틀러 스탈린의 비밀 '독소불가침 조약'으로 동유럽을 분할하면서 발틱3국은 소련에 편입되었다.

발틱3국 국민들의 평화벨트는 1991년 독립의 원동력이 되었으며 국제사회의 지지와 성원으로 독립을 쟁취하고 소련붕괴를 촉진시키는 인류사 평화독립운동역사이다. 발틱3국은 덴마크, 스웨덴, 폴란드, 독일, 러시아 등의 열강들에 지배와 종속을 당해온 슬픈 역사를 가지고 있는 작은 나라들이다. 발틱3국의 인구는 세나라 모두 합쳐도 서울인구에 못 미친다.

이러한 역사에도 북유럽의 아름다운 세계문화유산이 곳곳에 있다. 로마 카톨릭과 러시아 정교회, 바로크와 고딕양식 등 기독교 문명도 찬란하게 남아있다. 리투아니아의 수도 빌뉴스 '성 오나 성당'은 1812년 나폴레옹이 러시아 정벌 길에 이곳을 지나다 '손바닥에 얹어 파리로 가지고 가고 싶다'는 말을 남겼다는 일화를 간직하고 있다.

자신들의 문화, 침략자의 문화, 창조의 문화가 혼재해
있는 오늘의 역사를 끌어안고 가면서도 발틱의 사람들
은 북유럽 발트해의 주인으로서 자긍심과 자존심을 가
지고 있다. 존망의 기로에서도 침략국 지배국들에 저항
하던 성곽들이 그 흔적과 함께 고스란히 남아 역사의
고풍을 자랑하는 국가로 우뚝 서있다. 독립을 완성한
진정한 21세기 독립국가들이 여기에 있다.

뉴욕의 어둠

세계의 온갖 인종이 다 산다
세계의 모든 잡놈이 다 산다

하늘을 찌르는 부자들이 있다
지하를 전전하는 가난들이 있다

고대광실 저택들이 주체를 못한다
홈레스들이 달러 한장에 일을 낸다

휘황찬란 바쁘고 요란하다
밤이 되면 다니기가 무섭다

자본주의 세계 전시장 뉴욕
세계문명의 요람 뉴욕

가 출

후지산 하쿠산과 함께 일본 3대영산으로 불리는
일본 북알프스 줄기 토마현 타테야마 산록스키장
만년설 산봉우리 해발 3,000미터
이 나이에 무리한 도전이다
엎어지고 뒹굴면서 다시 일어서고
질주하는 스키어들에 부끄러운
협곡의 스키를 했다
벼르고 벼르던 이틀간의 가출이다

토마현에서 완행열차로 아슬아슬한 설벽 비탈길 돌아
한 시간 달리어 콘돌라 타고 타테야마 정상에 서니
오랜만의 서투른 스키실력으로 내려 갈 두려움이 온다
가족도 친지도 없다 하니 안전요원이
자빠질 때마다 안부를 묻는다
힘들어도 신나고 스릴 있는 하루이다
산 설벽 누비는 고행인데 할 만한 가출이다
돌아오는 어둠의 막기차가 깊은 상념을 준다

토야마 가는 길

여행객이 한적할 것이라고 선택한
나홀로의 조용한 기대의 토야마 가는 길
아저씨 아줌마 행렬에
행락지 관광버스에 낀 기분이다
겨울의 끝자락인데 즐거운 얼굴들이다
어떻게들 잘들 알고 다닐까

사람 사는 대열에 저만치임을 실감한다
들어 본 우나즈키 온천 와쇼쿠 전통식이
가보고 싶다
다음기회가 되면 저분들처럼 동행을 갖고
사람 사는 대열에 함께하고 싶다
오는 길에 공항에서 더 많은 그룹을 만났다

작은 일본도시 공항대합실이
한국말 한국사람 한국문화로 시끄럽다
공항면세점은 입추의 만원이다
물건들이 다 팔리어 품절이란다
어렵다는 생활의 경기가 이곳에서는 무색하다
행렬의 행복이 거시기해 보인다

몽블랑의 스키장

제네바에서 몽블랑으로 가는 버스를 탔다
두번째 길이라서 친근감이 더하다
눈 덮인 몽블랑의 아름다운 자태가 시야에 들어온다
샤모니에 가까워질 수록 설산의 풍경은 상상을 초월한다

몽블랑 산 기슭에 자리한 고즈넉한 작은 마을을 지나
낭만적인 분위기와 아름다운 경치가 어우러진
봉우리 스키장에 올랐다
매서운 칼바람과 눈발에도 알프스의 겨울산정은 만원이다

유럽의 연인들과 가족들의 겨울 향연장 같다
행복한 무리들에 끼어 나도 스키를 탔다
알프스 전경을 바라보며 설원 위를 가르는 기분은
환상을 넘어 무아의 경지이다

아름다운 여인들과 부딪치고 넘어지며 만끽한 몽블랑

아쉽게도 행복한 하루가 저물어 간다

힘들어도 이런 날이 있어 세상은 살만한가 보다

오늘 같은 날만이라도 동행이 있었으면 죽이는데

아바나의 숨결

400년간의 스페인 식민지 50년이 넘는 미국의 압박 쿠바의 역사는 슬프고 지난하다. 체 게바라의 혁명과 독립, 아메리카 대륙의 유일 사회주의 체제, 그늘과 영욕이 그리워져 있다. 한때 미국 부호들의 휴양지로 흥청거렸던 과거의 흔적, 곳곳에 세워진 각양각색의 숨결들은 쿠바의 서러운 역사이자 진기한 풍경이다.

바로크 양식의 식민지 유적과 고풍들이 유럽의 정취를 풍긴다. 캐리비안 카페와 레스토랑, 여행자의 거리 오비스포는 아바나의 매력이다. 빨간색 터번과 꽃으로 장식한 아바나 여인들은 미소를 흘린다. 아바나 말레콘 방파제는 낭만과 적막이 물안개처럼 스민다. 이곳은 가난한 쿠바노들이 막막한 하루를 견딘다.

아바나에는 진한 사연들이 흔적하고 있다. 불멸의 게릴라, 체 게바라와 쿠바를 사랑한 헤밍웨이 '누구를 위하여 종을 울리나' '노인과 바다'의 흔적이 살아있다. '쿠바의 연인' '카스트로의 여인', 조국, 카스트로, 혁명, 쿠바의 인민들을 사랑했던 레부엘타의 고독한 마감이 있다. 숨을 거둘 때까지 자신의 조국과 그가 사랑했던 쿠바의 인민들에게 등을 보이지 않았던 그녀는 배신한 카스트로를 사랑했지만, 가난한 쿠바 농민을 사랑한 그를 무엇보다 더 사랑했다는 쿠바여걸의 조국애가 숨결하고 있다.

3000년 역사를 마주하는 시안(西安)

중국역사에서 가장 많은 왕조 수도였던 곳
아테네, 로마, 카이로와 함께 세계 4대 고도(古都)
동서교류 실크로드의 출발점
죽은 진시황의 위력과 비밀이 묻어 있는
불멸의 생을 꿈꿨던 진시황제 병마용 군단
세계 8대 불가사의 현장이다
초나라 항우가 진나라를 멸망시켰을때
3개월 동안 불태웠다는
역사상 가장 화려한 궁궐 아방궁(阿房宮)
그 흔적과 박물관 벽에는
당나라시대 고구려 백제 신라의
사신이 조아리러 온 삼국시대 외교가
그림으로 남은 굴욕의 역사가 있다

골고다 언덕이로소이다

고난스럽다 인과로서의 고난이다
왜 이렇게 가야하나
밖으로 웃고 안으로 울으며
무엇을 위해 이 인고를 견디어야 하나

능력 없는 허세의 응보이다
주변에 원망기운 가득하다
불확실에 믿음과 희망을 기대어
소리내지만 하얗게 부메랑 되어온다

그래도 가야지
광야의 둥지 인생인 것을
어둠을 여는 빛이 더러는 있지 않나
견디고 넘어야지 그리고 사함을 받아야지

주말을 쉼하며 은혜하고 낭만하는 사람들
부러움은 사치이고 과욕이다
재물 도리 허접에 누가 곁을 지키나
이 각박한 세상진리 한하지 말고 떠나시게

거시기恨 산문집

흑과백의 **바람**

초판 1쇄 발행 2015년 4월 20일

지 은 이 | 이생명

펴 낸 이 | 윤관백
편 집 교 정 | 오미혜

펴 낸 곳 | 도서출판 선인
출 판 등 록 | 제5-77호(1998.11.4)
주   소 | 서울시 마포구 마포대로 4다길 4 곳마루빌딩 1층
전   화 | 02) 718-6252
전 자 우 편 | sunin72@chol.com

정가 9,000원
ISBN 978-89-5933-881-8 03810